AF308934

LÉON VALÉRY

MARTYRS

ET

BOURREAUX

(POËME LYRIQUE)

PARIS

E. DENTU, ÉDITEUR

PALAIS-ROYAL, 17 ET 19, GALERIE D'ORLÉANS

1873

CAHORS, IMP. A. LAYTOU

LÉON VALÉRY

MARTYRS

ET

BOURREAUX

(Poëme lyrique)

PARIS

E. DENTU, ÉDITEUR

PALAIS-ROYAL, 17 ET 19, GALERIE D'ORLÉANS

1873

CAHORS

IMPRIMERIE DE A. LAYTOU, RUE DU LYCÉE

1873

A Monseigneur Grimardias, évêque de Cahors.

Monseigneur,

Pendant que j'écrivais ce petit poëme, Votre Grandeur s'est présentée plus d'une fois à mon esprit.

Je pourrais vous dire que n'ayant jamais connu les trois archevêques de Paris qui font le sujet de mes vers, j'aimais à les personnifier en vous, dans l'impuissance de trouver un plus parfait idéal.

J'aime mieux vous dire, Monseigneur, que je savais que l'une des trois illustres victimes fut votre ami, et qu'en retraçant la lutte fratricide où elle est si noblement tombée, je cherchais à me reposer devant votre image des horreurs du tableau, ou à me rassurer sur l'avenir, en pensant à l'élévation de votre caractère et à votre dévouement éclairé à la Religion.

Voilà pourquoi j'ai voulu, en vous les dédiant, que ces pages fussent, non-seulement un hommage à la mémoire des grands prélats avec lesquels je vous confondais, en les écrivant, mais encore un témoignage du profond respect avec lequel j'ai l'honneur d'être de Votre Grandeur,

Monseigneur,

Le très-humble et très-obéissant serviteur.

Léon Valéry.

Ce qu'on est convenu d'appeler la *Politique* n'a pas été seulement fatal aux mœurs, aux charmes des relations et aux liens de la famille : elle a été mortelle pour les arts, la littérature en général et pour la poésie en particulier.

Non que notre siècle n'ait fait preuve d'une exubérance surprenante dans tous les genres ; mais parce que les œuvres de ce temps, au lieu de se produire sous les seules préoccupations du beau et de ne s'adresser qu'au goût, ne s'inspirent que des passions du moment et ne tendent qu'à les captiver.

Toutes les nations civilisées ont eu leur époque de décadence littéraire, marquée par le même caractère.

Pour ne parler que de Rome, n'est-ce pas de l'introduction de la politique dans les lettres, que date la disparution des véritables chefs-d'œuvre ?

Virgile et Horace, à part quelques adulations à l'adresse de Mécène et d'Auguste, ne descendaient guère des hauteurs de l'épopée et du lyrisme, jusqu'aux hommes ou aux actualités de leur temps.

Mais, après eux, les sources de la grande inspiration allaient tarir ou se corrompre, au contact des dissensions civiles, qui enfiévraient tous les esprits.

Dès ce moment, si l'éloquence, qui vit au forum, et la philosophie, cette vieille maîtresse des civilisations décrépites, jettent encore quelque éclat, la poésie a pris son vol vers les cieux, pour n'en redescendre que bien plus tard, à l'appel de la muse chrétienne ou sur la palette de Raphaël.

Comparez l'*Enéide* et *La Pharsale*, Racine et M. J. Chénier : dans ces deux conceptions et dans ces deux poëtes, vous trouverez la trace de cette influence funeste que je constate.

Est-ce pourtant la faute de l'écrivain et du public, si le premier ne peut à ce point s'isoler des hommes, que son œuvre ne reflète rien de leurs passions, et si le second ne saurait se désintéresser aisément de ce qui met tout en péril ?

Hélas ! non. C'est à nos crises sociales qu'il faut s'en prendre, de ce qu'il n'y a dans les

cœurs place que pour les angoisses, et d'autres
sujets de chants, pour la Muse, que du sang et
des ruines !...

En touchant aux trois cadavres qu'il exhume,
dans le poëme qu'on va lire, l'auteur ne se dou-
tait pas du danger qu'il y avait pour lui à les
secouer encore saignants.

C'est un hommage qu'il voulait rendre à de
saintes mémoires. Mais, à côté des martyrs, se
sont dressés les assassins : il a maudit, quand il
ne voulait que prier et bénir !

Ce qu'il a également rencontré sur ses pas, sans
l'avoir prévu, c'est un trône brisé, un Souverain
en exil ; puis une tombe et, sur cette tombe, une
veuve et un enfant désolés ; c'est encore une ville
livrée aux flammes et au pillage : la guerre civile,
l'assassinat, le sacrilège !

Il n'était plus temps de reculer. Engagé dans
cette voie dont il n'avait ni mesuré la longueur ni
pressenti les écueils, il a poursuivi jusqu'au bout,
au milieu de ces hontes et de ces horreurs,...
flétrissant les bourreaux, plaignant les victimes et
pleurant sur le sort de la France.

Et voilà comment, au lieu de n'avoir devant
lui que les trois archevêques de Paris assassinés,
il s'est trouvé en présence de trois époques.

Il en a parlé, en passant, de manière à ne

plaire à personne, c'est-à-dire avec indépendance, ce qu'aucun parti ne pardonne.

Par malheur, en se laissant entraîner aux digressions inhérentes à son sujet, l'auteur a perdu plus d'une fois de vue les héros qu'il s'était proposé de chanter.

De là, ce défaut d'unité et de proportions, qu'il est le premier à reconnaître et qui est la confirmation de sa thèse :

La politique a tué la poésie.

Cahors, le 20 septembre 1873.

MARTYRS ET BOURREAUX

(POËME LYRIQUE)

———

Affre!... Sibour!... Darboy!... les trois dates néfastes
    Que l'histoire en lettres de sang,
    Avec leurs effrayants contrastes,
Aux siècles à venir transmettra dans ses fastes
    Et qu'ils liront en frémissant!...

Affre!... La barricade et la guerre civile ;
    Le fratricide sans remords;
    Les boulets creusant, dans la ville,
    Des sillons qu'ils jonchent de morts!

Sibour!... toujours du sang!... C'est le poignard du traître,
    Instrument d'un lâche attentat,
    Caché sous la robe du prêtre;
    Le sacrilège, l'apostat!

Darboy!... Mais de dégoût se soulève mon âme :
    Des pillards et des assassins!
C'est Paris saccagé se tordant dans la flamme;
    C'est le meurtre dans les lieux saints!

Affre!... Sibour!... Darboy!... Tout ce que dans le crime
La haine peut ourdir et l'enfer inventer;
    Ce que la foi peut enfanter
    De plus grand et de plus sublime,...
    Muse! c'est ce qu'il faut chanter.

AFFRE

(LES JOURNÉES DE JUIN)

I

Soldats, où courez-vous? Pourquoi ces cris de rage,
Ces drapeaux lacérés, ces bataillons épars?
Quels dangers, quel affront arment votre courage!
Un ennemi puissant est-il sous vos remparts?
Ah! mon œil cherche en vain l'étranger à combattre;
Et jamais, dans ses jours de sanglantes fureurs,
La France encor ne vit la lutte opiniâtre
Dérouler le tableau de plus sombres horreurs!

O Paris! ô Paris! vieux foyer de misères,
Ville aux jours ténébreux, ville aux jours triomphants,
Où de la pâle mort compagnes familières,
La débauche et la faim moissonnent tes enfants;
Où, portant son tribut à la morgue fétide,
La Seine, chaque jour, roule dans ses flots noirs,
Avec un nouveau crime, un cadavre livide,...
Cité des grands remords et des grands désespoirs!

N'était-ce pas assez du vice délétère,
Ver qui te ronge au cœur et qui ne meurt jamais,
Du suicide affreux, de l'aveugle adultère,
De tes égoûts infects, honte de tes palais?
N'était-ce pas assez, pour hâter ta ruine,
Du fléau de l'Asie, aux miasmes impurs (*),
Et fallait-il encor que la guerre intestine
Allumât son brandon, pour dépeupler tes murs?

Et comme deux faucheurs, pleins d'une ardeur rivale,
S'avancent, entassant les épis sous leurs pas,
Les deux spectres allaient, dans cette capitale,
Implacables faucheurs aux gages du trépas!...
Ils allaient, frère et sœur, l'un, dans ses sourds ravages,
Remplissant de cercueils ces remparts désolés;
L'autre, au bruit des tambours et des clameurs sauvages,
Marchant sur les mourants et les corps mutilés!...

Que faisait cependant votre philanthropie,
Agitateurs d'hier, qu'on vous cherchât en vain?
Bâtissiez-vous dans l'ombre une riche utopie,
A jeter en pâture au *peuple souverain?*...
Vous saviez en héros aborder la tribune,
Préparer nos malheurs par d'orageux débats;
Mais l'heure pour paraître était inopportune :
Les tribuns, disiez-vous, ne sont pas des soldats.

Il n'était pas soldat, ce prélat magnanime,
Que je vois au milieu des groupes menaçants!

____

(*) Aux journées de Juin le choléra sévissait dans Paris.

Il n'était pas soldat,... mais la foi qui l'anime,
Dont vous n'entendez pas les suprêmes accents,
Lui dit que du troupeau que le ciel lui confie
Le pasteur vigilant doit être le soutien!...
Il n'était pas soldat, lui qui se sacrifie;
Il n'était pas soldat,... mais il était chrétien !

Et devant ce tableau d'immenses funérailles,
Que sonnait dans les airs le lugubre tocsin,
Il sentit de pitié tressaillir ses entrailles...
Le voyez-vous?... La croix rayonne sur son sein...
En vain autour de lui gronde la fusillade :
Parmi les cris de mort, sous le feu meurtrier,
Il s'avance! et, debout sur une barricade,
Il montre aux combattants le rameau d'olivier.

II

« Peuple, à ma voix prête l'oreille :
» Je viens au nom d'un Dieu de paix !
» Qu'en vos cœurs la pitié s'éveille :
» Est-il donc trop de sang français
» Pour le répandre dans le crime?
» Mais s'il vous manque une victime,
» A votre courroux insensé
» Ma vie aujourd'hui s'abandonne :

» Prenez mon sang, je vous pardonne
» Et qu'il soit le dernier versé!... »

. . . .

Il parlait... le flot populaire,
Sous sa grande voix maîtrisé,
Au pied de la terrible chaire
Mugit et retombe brisé...
Les yeux se remplissent de larmes;
Partout, je vois tomber les armes :
Un mot encore, il est vainqueur !
Et demain tes enfants rebelles,
O France, oubliant leurs querelles,
N'auront pour t'aimer qu'un seul cœur !

Il parlait... du sein de la foule,
Un cri d'effroi s'est échappé ;
L'éclair a brillé, le sang coule,
Et le prélat tombe frappé...
On s'interroge, l'on s'accuse...
Bientôt, une rumeur confuse
Sur Paris, d'échos en échos,
S'étend;... et dans la ville immense
Partout le combat recommence
Et le sang ruisselle à grands flots !...

III

Ah ! suspends un instant la lutte meurtrière,
Peuple ! viens à ses pieds apporter ta prière
Ou recevoir du moins son éternel adieu...
Ne crains pas d'approcher de sa funèbre couche :
        Vois ! le pardon est sur sa bouche,
        Ton bonheur est son dernier vœu...

Le reconnaissez-vous, à son heure suprême,
Celui qui sur vos fronts répandait le Saint-Chrême,
Qui sut vivre pour vous et pour vous sut mourir ?
La reconnaissez-vous, la main qui, dans vos fêtes,
        Se levait pour bénir vos têtes
        Et se baissait pour secourir ?

. . . .

Oh ! quand, par un beau jour, l'antique Cathédrale
Balançait son bourdon et sur la capitale
Faisait vibrer au loin son timbre souverain,
Et lorsque, dans ces jours de pompe et de prière,
        Le gothique géant de pierre
        Tremblait sous le géant d'airain,

Vous souvient-il, — à l'heure où les sacrés portiques,
Frémissaient, inondés d'encens et de cantiques,

Où l'on voyait tomber tout un peuple à genoux, —
Du prélat qui, debout dans sa majesté sainte,
  Rayonnait sur la vaste enceinte,
  Et dont la voix priait pour vous ?

Vous souvient-il encor, enfants du sacerdoce,
De l'heure redoutable où votre front précoce
S'inclina sous sa main et qu'il laissa sur vous
Tomber ces mots, écho d'une bouche divine :
  « Allez, enseignez ma doctrine,
  Soyez humbles, chastes et doux ? »

Te souvient-il, Paris, du gracieux visage
Qui souriait à tous et qui, sur son passage,
Faisait naître l'espoir en semant le bienfait ?
Pauvres, vous souvient-il de votre providence ?
  Pour trancher sa sainte existence,
  O Paris, que t'avait-il fait ?

IV

  Honte à toi, cité perverse !
  Honte à toi, peuple odieux,
  Dont la main brise ou renverse
  Et tes autels et tes Dieux ?
  Honte à toi, ville des fêtes,

Des meurtres et des tempêtes,
Où tes saints et tes prophètes,
Trouvent la mort ou l'affront !
A ton tour, gémis et pleure !
Le glaive vengeur t'effleure,
Et pour toi va sonner l'heure
Où les châtiments viendront !

Mais, plutôt, de ta vengeance,
Seigneur, détourne les traits !
Qui peut sonder ta clémence
Et pénétrer tes secrets ?
Ah ! sans doute, Dieu propice !
Il fallait à ta justice
Quelque immense sacrifice,
Pour sauver notre drapeau ;
Et ta bonté tutélaire,
Opposée à ta colère,
Prit, comme sur le Calvaire,
Le pasteur pour le troupeau.

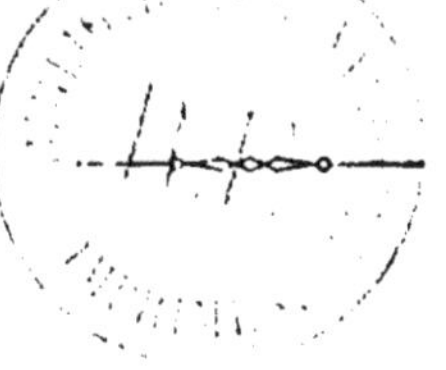

SIBOUR

(L'EMPIRE)

I

La France enfin respire..... A des jours de colère
    Ont succédé des jours de paix,
Et Paris, à l'abri d'un pouvoir tutélaire,
    Partout voit naître des palais.....
    Où la rue tortueuse, étroite,
    Protégeait le crime impuni,
L'inflexible progrès jette sa ligne droite,
    · Poursuivant son œuvre infini.

    Le Progrès!... Puissance et force suprème !
    C'est le souverain, sans royal manteau :
    L'idée à son front met un diadème,
    Et son sceptre, à lui, c'est le dur marteau...
    Le Monde est le champ où toujours il sème,
    Depuis six mille ans, pour l'humanité ;
    Et pour le trancher, l'éternel problème,

Il a le génie et l'éternité !.....
La voix de l'histoire, au nom de nos pères,
A beau crier grâce : il marche en avant ;
Balaie, en passant, les hideux repaires,
Au nez des vieillards et des antiquaires,
Des voleurs de nuit, qu'il met en plein vent...
Le mur hors des rangs, la lourde baraque
Qu'abrite l'église ou le vieux couvent,
Tout, à son aspect, ou recule ou craque !
Et de ce passé quand il ne voit plus
Qu'un entassement de débris confus,
Il fouille le sol jusqu'en ses entrailles,
Range ses palais en longs boulevards,
Comme un général, au jour des batailles,
Range ses soldats et ses étendards...
Il saute à pieds joints sur les précipices,
Comble, sape, aligne ; et, le lendemain,
Portiques, frontons, squares, frontispices,
Ponts et chapiteaux marquent son chemin.

Et voilà pourquoi ce qui fait ses charmes,
Au lieu de la gloire et du choc des armes,
C'est la paix qui pousse un peuple au travail ;
C'est dans l'atelier le bruit de l'enclume ;
L'usine, au toit noir, dont le soupirail
Exhale l'odeur de l'âcre bitume,...
Où l'acier se tord, où la fonte fume...
Ce qu'il aime encor, c'est quand, dans la brume,
Le navire fend les flots blancs d'écume ;

C'est quand la vapeur, grondant sur le rail,
Passe, dans la nuit, comme un météore,
Ou que, s'engouffrant dans le sein des monts,
Elle fait vibrer le tunnel sonore
Du souffle embrasé de ses noirs poumons...

Et du Louvre à la Barrière,
Il va dans le vieux Paris,
Semant des flots de lumière
Sur des monceaux de poussière
Et les arts sur des débris...
Plus de masure au toit gris;
De bouge, à vieille façade;
Plus de haillons, qu'au grand jour
Traîne le vice nomade;
Arrière la barricade,
Hurlant dans le carrefour!

— « Pour chacun, » dit la voix du Maître, —
» La sécurité qui fait naître
» La confiance et le bien-être;
» A tous le pain des travailleurs!
» Car la misère et l'opulence
» Ont même poids dans ma balance;
» Mais à la discorde silence!
» Nos soldats ont affaire ailleurs... »

Et des plaines de la Crimée,
L'Aigle, planant sur notre armée,
Aux champs Lombards a pris son vol,

Laissant tomber, pour nos annales,
Deux grandes dates triomphales :
Solférino ! Sébastopol !

II

L'Eglise, à son tour, l'Eglise immortelle,
Jusque dans ses deuils jette un vif éclat :
Parmi ses enfants, quand jamais vit-elle
Plus de défenseurs, pour un renégat ?

J'en prends à témoin, vaillante cohorte,
Votre sang versé : lorsque comme vous
On tombe à vingt ans, la foi n'est pas morte !
J'en crois, ô Paris, ton peuple à genoux !

J'en crois la splendeur de tes sanctuaires,
Dont le monde entier répète le nom...
C'est *La Madelaine*, où les statuaires
Cherchent Jupiter, comme au Parthénon ;

Notre-Dame, où l'œil jamais ne s'arrête
Sans que le chrétien tombe agenouillé,
Et là-bas, plus loin, sa sœur de *Lorette :*
Auprès d'un colosse, un nain maquillé;

C'est le *Panthéon*, où l'orgueil de l'homme
Au seul Dieu vivant, pour ses dieux mortels,
Dispute la place et qui, sous son dôme,
Garde des tombeaux et de saints autels. (*)

C'est *Sainte-Clotilde*, où le riche étale,
Comme à l'Opéra, son faste princier....,
Dont on voit le toit, sur la capitale, .
Miroiter, ainsi qu'un vaste glacier.

Ici, *Saint-Germain*, où le grandiose
Se mêle au coquet... Lourd et solennel,
Là, c'est *Saint-E   tache*, où le virtuose
Pleure le *Stabat* et chante *Noël*. (**)

Ailleurs, c'est *Saint-Roch*, dont l'aspect me glace ;
Saint-Sulpice, au vent sur ses grands piliers,...
Dont le porche, ouvert sur la grande place,
Semble dire à tous : Venez et priez !

Saint-Thomas d'Aquin, où, comme à la scène, .
S'échangent saluts et galants propos (***) ;
La Sainte chapelle, aux eaux de la Seine
Mirant ses vieux murs, baignés par les flots ;

(*) Au Panthéon, aujourd'hui *Sainte-Geneviève*, sont les
tombeaux de Voltaire et de Rousseau.

(**) *Saint-Eustache* est surtout connu pour sa musique
religieuse avec le concours des artistes.

(***) L'église du meilleur monde.

Là-haut, *Saint-Etienne* (*), où de sa patronne
Lutèce abrita les restes chéris,
Pour que du sommet qui lui sert de trône,
Son œil pût au loin veiller sur Paris....

Oh! j'aime, surtout, ô pieuse enceinte!
Ta nef dont l'écho fait bondir mon cœur....
J'y crois voir flotter l'ombre de ta sainte
Qui fléchit, un jour, Attila vainqueur!

Ne dirait-on pas sa voix virginale?....
Mais, dans le silence et le demi-jour,
Quel spectre hideux!.... pourquoi sur la dalle
Ces taches de sang? ... Le sang de Sibour (**)!...

C'est là, qu'au milieu d'un peuple en prière...
Mais pour le conter, l'horrible trépas,
O muse, à genoux!.... baise la poussière,
Baise le granit qu'ont touché ses pas!...

III

Vive sainte Geneviève!...
Paris, pour la fêter mieux,

(*) *Saint-Etienne-du-Mont*, où sont les reliques de sainte Geneviève, patronne de Paris.

(**) C'est à *Saint-Etienne-du-Mont* qu'il fut assassiné, le jour de la fête de Sainte-Geneviève, où il officiait.

Tout endimanché se lève....
Vive sainte Geneviève !
Répète l'airain pieux.

Pour la Vierge vénérée,
Patronne du vieux Paris,
Saint-Étienne s'est parée :
Pour la Vierge vénérée
Ses autels se sont fleuris.

Du glorieux sanctuaire
Montent de pieux accents,
Vers la Sainte de Nanterre ;
Du glorieux sanctuaire
S'exhalent des flots d'encens.

Comme tout y parle à l'âme !
Hymnes, fleurs, orgue au doux chant ;
Cierge à la tremblante flamme,...
Comme tout y parle à l'âme,
Dans son langage touchant !...

. . . .

C'est le moment où la foule,
Comme deux serpents jumeaux,
Avec ordre se déroule ;
C'est le moment où la foule
Ondule sous les arceaux...

En tête un bedeau s'avance,
En robe noire et rabat,
Criant « Arrière ! » ou « Silence ! »
En tête, un bedeau s'avance...
On dirait un magistrat.

Après lui, marche le suisse ;
L'épée, à pomme d'argent,
Pend à son flanc, bat sa cuisse.
Après lui, marche le suisse :
C'était un ancien sergent.

Sa droite porte la pique,
Au milieu des rangs pressés...
Droit comme un valet de pique,
Sa droite porte la pique
Qui tombe à coups cadencés.

A sa suite, les fidèles
Lentement autour du chœur
Décrivent leurs parallèles ;
A sa suite, les fidèles,
Cierge en main, chantent en chœur.

Devant les saintes reliques,
Les vierges, aux voiles blancs,
Entonnent les saints cantiques ;
Devant les saintes reliques
Elles marchent à pas lents.

Quatre abbés portent la châsse...
Les fidèles à genoux
Se signent, quand elle passe ;
Quatre abbés portent la châsse
Rayonnante de bijoux.

Pour voir le corps de la Vierge,
Que le temps a respecté,
Diacre, clerc et porte-cierge,
Pour voir le corps de la Vierge,
Se penchent sur le côté.

Grave comme un patriarche
Des âges évanouis,
Sibour, qui ferme la marche,
Grave comme un patriarche,
Brille aux regards éblouis.

Sa chape d'or et de soie,
Qui porte l'agneau pascal,
En éventail se déploie ;
Sa chape d'or et de soie
Pend comme un manteau royal.

La mitre, c'est sa couronne ;
La croix, son divin flambeau ;
La crosse à sa main résonne ;
La mitre, c'est sa couronne ;
Son peuple, c'est son troupeau.

Le prélat, au doux visage,
Sous le dais, aux glands dorés,
Bénissant sur son passage,
Le prélat, au doux visage,
Prononce les mots sacrés.

Et la prière s'élance,
Dans le pur concert des voix ;
Et l'encensoir se balance ;
Et la prière s'élance
De tous les cœurs à la fois.

IV

Comme un démon fantastique,
        En relief
Sculpté sur un mur gothique,...
        Dans la nef,

Voyez-vous, là-bas, dans l'ombre,
        Voyez-vous
Cet homme, au visage sombre,
        A genoux ?...

Quels souvenirs sur sa face
        Ont laissé
L'empreinte, que rien n'efface,
        Du passé ?

Qu'importe ! mais son front pâle
    Et terreux ;
Ses yeux fixés sur la dalle,
    Ses yeux creux,

Tout annonce qu'un mystère
    — Crime ou deuil ! —
Trouble son cœur solitaire...
    Dans son œil

Un feu sinistre et farouche
    A couru,
Et l'écume sur sa bouche
    A paru...

Est-ce prière ou blasphème
    Que l'on voit
Errer sur sa lèvre blême ?...
    Quel que soit

L'homme à l'étrange attitude,
    Son maintien
N'a rien de la quiétude
    Du chrétien.

Mais puisqu'en lui s'est éteinte
    Toute foi,
Que fait-il dans cette enceinte ;
    Et pourquoi

Sous ses habits en désordre
    Cette croix,
Qui brille et semble se tordre
   ·Dans ses doigts?

La croix ! mais non, ô surprise !
    Sur son sein
C'est un poignard qu'il déguise...
    Son dessein,

L'effroi qui saisit mon âme
    Me l'a dit :
C'est le meurtre!... Et lui, l'infâme,
    Le maudit !

C'est Verger, le réfractaire,
    Qui souilla
Les marches du sanctuaire...
    C'est bien là

L'aspect de l'ange rebelle!...
    Son regard
A jailli de sa prunelle,
    Comme un dard,

Quand, effleurant de sa chape
    L'interdit,
Sibour, dont l'arrêt le frappe,
    Le bénit...

. . . .

Près du torrent solitaire
    Qui bondit,
Regardez!... C'est la panthère!...
    Sur un lit

De gazon ;... à l'ombre fraîche
    Des roseaux,
Elle écoute, flaire, lèche
    Ses naseaux.

Son œil plonge dans l'espace.....
    Mais, soudain,
Quelle est cette ombre qui passe?...
    C'est le daim!...

Pour venir boire à la source,
    Sous ses pas
Que d'abîmes dans sa course !
    Mais, hélas !

Quand il touche au frais rivage
    Qu'il rêva,
La fille, au fauve pelage,
    De Java

Fond sur lui, l'égorge, fouille
    Dans son flanc,
Et dans les joncs, qu'elle souille
    Boit son sang...

Tel Verger suit en silence,
   L'œil profond,
Le saint prélat, qui s'avance ;
   Puis, d'un bond,

Fend la foule, que disperse
   La terreur ;
Atteint Sibour et le perce
   Droit au cœur !.....

Et les murs saints, qui semblèrent
   Se troubler,
Sur leur base chancelèrent,
   Sans crouler !

V

Il était fou, dit-on,... oui, de cette démence,
Fille des passions, qui pour l'homme commence
Le jour où, du devoir rejetant le fardeau,
Du prisme de l'erreur il fait son seul flambeau...
Il était fou ;... sans doute !... Esclave volontaire,
Ah ! tant que sous le joug d'un Pouvoir salutaire
S'inclina sa raison, elle ne sombra pas...
Mais, un jour, quel démon se dressá sous ses pas ?
Quels fantômes avaient composé son cortége ?
S'appelait-il *Orgueil* ou *Volupté ?* que sais-je !...

De la beauté, sans doute, il emprunta la voix :
Quel autre sur notre âme a plus d'empire!... « Vois! »
Lui dit le tentateur : « Pourquoi verser des larmes,
» Quand c'est pour les tarir que sont faits tant de charmes?
» Ce feu dont, malgré toi, ton cœur est consumé,
» Dieu, s'il le condamnait, l'aurait-il allumé?
» N'aurait-il fait de toi qu'une aveugle victime?
» Tu parles de remords,... l'amour est-il un crime?...
» Tu parles de serments,... qui put les recevoir ?
» Qui peut de la nature usurper le pouvoir?
» Par d'éternels devoirs elle seule nous lie... »

Et Verger écoutait,... ce fut là sa folie!...
Ce qu'il lutta de temps ; ce qu'il dut parcourir
De degrés dans le vice et ce qu'il dut souffrir,
Pour qu'un jour écrasé sous sa lourde existence,
De la faiblesse au crime il franchit la distance,
Qu'importe! pour le prêtre, ange ou monstre odieux,
C'est l'abîme sans fond ou les hauteurs des cieux !
De la coupe du mal jamais sa lèvre avide
N'approche impunément : s'il y touche, il la vide!
Et telles sont pour lui les ardeurs du poison ,
Qu'il consume son cœur ou trouble sa raison !

« Dors-tu content, Voltaire? » a dit, dans son délire,
Le poëte, devant la tombe de Rolla.........
« Dors-tu content, Voltaire? » à mon tour puis-je dire :
« Ton véritable enfant, Arouet, le voilà!
» Le voilà! c'est Verger!... près de lui dans l'horrible,
» Qu'est-ce donc que Rolla, ce pâle libertin,

» Trop niais, à coup sûr, pour être ton disciple,
» Puisqu'il boit le poison, après un long festin?...
» Et c'est pour nous montrer cet écolier, qui râle,
» Que la Muse, frappant, dans la nuit sépulcrale,
» Au seuil de ton tombeau, d'une voix théâtrale,
» Vient troubler ton sommeil, criant : «Dors-tu content?... »
» Un débauché de plus, lorsque l'on en voit tant ;
» Une fille, à quinze ans, vouée à l'infamie,
» Si beaux que soient les vers, était-ce bien de quoi
» Réveiller en sursaut ta vieille ombre endormie?...

» Mais, ce soir, lève-toi, Voltaire, lève-toi !...
» Ce n'est plus un héros, éclos dans une trame
» De roman fantastique ou de froid mélodrame,
» Dont je veux aujourd'hui repaître ton regard :
» Tiens !... voilà l'assassin et voilà le poignard !...
» La victime est de ceux que poursuivaient tes haines,
» Et ton sang réchauffé va courir dans tes veines,
» Devant le sang versé de l'auguste vieillard!...
» Les acteurs et la scène, ici tout doit te plaire :
» Regarde!... Ce cadavre au pied du sanctuaire,
» C'est Sibour!... et Verger vient de percer son sein!...
» Le prélat, massacré par le prêtre assassin!...
« Les lieux saints profanés!... dors-tu content, Voltaire?...
» Oui, ton cœur, cette fois, peut bondir triomphant :
» Sois fier!... mieux que Rolla, Verger est ton enfant!...
» Il ne t'avait pas lu page à page, peut-être;
» Mais tu l'avais touché de ton souffle mortel!

» Mais pour ton fils, du moins, tu dois le reconnaître
» Aux coups qu'il a portés, aux marches de l'autel !...

» Et maintenant au sein de la nuit solitaire,
» Où l'on dit que satan te berce avec orgueil,
» Emporte le bandit dans ton morne cercueil :
       » Tu peux dormir content, Voltaire! (*) »

(*) Voir la note 1 à la fin.

DARBOY

(LA COMMUNE)

I

» Babylone est tombée, est tombée en un jour (*) ;
» Les démons dans son sein ont fixé leur séjour,
» Et sur ses murs déserts, au milieu des ténèbres,
» Planent l'esprit immonde et les oiseaux funèbres !...
» Parce que, du Très-Haut méconnaissant la voix,
» Les peuples sommeillaient dans la nuit de leurs vices ;
» Parce que les Puissants, les Sages et les Rois,
» De leurs égarements devenus les complices,
» Savouraient à longs traits la coupe des délices... »

. . . .

N'est-ce pas toi, Paris, dont l'Aigle de Pathmos
Entrevoyait la chûte et prédisait les maux,
Quand, mesurant le temps par ses deux grands abîmes:

____

(*) *Cecidit, cecidit Babylo...* (Saint Jean : apocalypse).

Par les siècles à naître et ceux qui ne sont plus,
Il évoquait ainsi la fille de Bélus (*),
Et que son œil, plongeant de ces hauteurs sublimes,
Lisait ton avenir dans son passé de crimes ?

*
*   *

Comme la cité des âges bibliques,
Qu'assiégea Cyrus,... si Paris n'a pas
Ces jardins vantés, édens féeriques,
Bercés dans les airs avec les lilas ;

Si Paris n'a point ces vastes portiques,
Ces tombeaux, défis jetés au trépas,
Dont les fiers débris, aux blocs fantastiques,
Confondent encor l'œil et le compas,...

Dans quel temps vit-on, dans les capitales,
Plus que dans Paris de Sardanapales,
D'horribles combats et de noirs complots?

Le plaisir, partout, y touche à l'obscène ;
Et, de ce côté, l'Euphrate et la Seine
Auraient pu, du moins, marier leurs flots.

(*) Babylone fut fondée par Bélus.

*   *
*

Aussi, Dieu, qui fait les nations fortes;
Dieu, dont le courroux, longtemps contenu,
Des folles cités fait des villes mortes
Et livre au désert leur squelette nu ;

Dieu, qui balaya la Ville aux cent portes,
Dieu se lasse enfin d'être méconnu,
Et contre Paris lance les cohortes
D'un nouveau Cyrus... il s'est souvenu!

Et déjà l'on voit le Germain, qui campe
Autour de ses forts, y planter la hampe
De ses étendards et souiller son sol !...

Le cercle de fer toujours se resserre...
Devant le vautour, à la forte serre,
Vers un autre ciel l'aigle a pris son vol!

*   *
*

Contre toi, Paris, quand tout se déclare,
Reconnais enfin les arrêts du ciel !

De l'heure fatale un jour te sépare :
Cède, sans lutter, au destin cruel !

Mais est-ce donc peu qu'une main barbare
Inflige à ton nom un affront mortel,
Pour que tes enfants, que la haine égare,
Frappent sans pitié ton sein maternel !...

La flamme par eux s'allume et dévore
Ce que l'étranger épargnait encore :
Tout sert d'aliment à l'ardent foyer !

On dirait que Dieu, le terrible juge,
Sur toi fait pleuvoir un nouveau-déluge,
Pour laver ta fange ou pour t'y noyer !

II

« Voici l'heure!...
» Puisqu'il faut
» Que l'on meure, »
Dit Rigault (*),
» Point de grâce!...
» Périssons!
» Mais laissons
» Notre trace
» Dans Paris

(*) Raoul Rigault, procureur de la Commune.

» En débris...

» La fortune
» Eut son tour ;
» La Commune
» Veut son jour :
» A nos maîtres
» Guerre à mort !
» Que les traîtres
» Et les prêtres
» Aient leur sort !... »

Sa parole,
Dans Paris,
Au loin vole :
Elle affole
Les esprits...
Le pétrole
Coule à flot ;
Et bientôt,
Chaque rue,
Où se rue
Le torrent
Dévorant,
A la vue
N'offre, plus !
Que ruines,
Que rapines,
Cris confus !...

O détresse!
Dans Lutèce
Mise à sac,
Tout s'affaisse!...
C'est un lac
De bitume
Qui s'allume,
Où tout fume,
Se consume,
Disparait!...

On dirait
Que Gomorrhe
Brûle encore ;
Que Ségor,
Ville infâme,
Dans la flamme
Nage encor!...
Proh pudor!
Le pillage
Et le feu
C'est trop peu :
C'est l'outrage
Au saint lieu ;
C'est le Louvre
Qui se couvre
De vapeurs...

Jours d'horreurs
De colère,

De misère!.....
Vois, Haussmann,
Ton ouvrage
Qu'on outrage!...

Le volcan,
Par la force
Contenu,
A rompu
Son écorce :
Il vomit
Ce qu'y mit
D'immondices
Notre temps,
Noir des vices
De cent ans!...

La matière
Eut ta foi
Tout entière ;
Et ta loi
Souveraine,
Fut la reine
De Paris.
Tu le pris
Pour domaine,
Et sans peine
Le pétris
A l'image
De notre âge

De *pourris!*.........
A la basse
Populace,
Il fallait
Ce qui plait :
Des spectacles
A vil prix ;
Des taudis,
Réceptacles
De bandits !
Et tu dis
A la foule :
— « Le vin coule,
» Buvez donc !
» Car l'ouvrage
» Sans chômage
» Sera long...

» C'est un square
» Qu'on prépare ;
» Trois palais
» Que j'achève,
» A grands frais ...
» J'ai des quais
» Que je rêve ;
» Qui voudront
» Qu'on relève
» Le vieux pont...
» Puis, viendront
» Des casernes,

» Aux grands murs :
» Forts modernes,
» Sans poternes,...
» Mais très-sûrs...

» Plus d'un cuistre,
» Je le sais,
» Dit : « Assez ! »
» Le ministre,
» A son tour,
» Qui marchande,
» Me gourmande
» Chaque jour.
» Mais le chiche
» Aura beau
» Crier haut :
» Je le triche
» D'une fiche
» Quand il faut. »

» S'il attrape
» Le voleur,
» L'Empereur
» Rit sous cape
» De bon cœur ;
» Car l'obole
» Que l'on vole,
» — Entre nous, —
» C'est pour vous...

» En revanche,
» Le dimanche,
» Par hasard,
» Quand César,
» Notre maître,
» Va paraître,...
» Pour le voir
» Qu'on arrive !
» Criez : « Vive
» le Pouvoir !... »

A l'amorce
On mordit
Et l'on dit :
« C'est la force ! »
Insensé !
D'un passé
Si funeste,
Ce qui reste
Tu le vois !...

C'est l'offense
Pour la France
Aux abois ;
La morale
Et les lois
Qu'on ravale !...
C'est la voix
De l'émeute ;
C'est la meute

Du bourgeois
Réfractaire,
Qu'on fait taire
Par des croix...

La victoire
En congé,
Et la gloire,
Ont changé
De bannière !...
La frontière :
Préjugé !
Sans vergogne
Ni danger,
L'étranger
Nous la rogne !...

Le drapeau
Des ancêtres :
Oripeau !
Vil troupeau
Que les prêtres !
Le blason :
Ridicule !
Oh ! mais non :
On spécule
Sur son nom...
La roture,
A son tour,
Sans mesure

Fait l'usure,
En plein jour.

Dans l'ordure,
Vois-tu bien,
Il n'est rien,
Rien qui dure
Ici bas...
Tu posas
Sur le vice
L'édifice
Qui, soudain,
Cède et craque :
Le cloaque
Était plein ;
Et la fange
Du bourbier,
Sort étrange !
Dieu la change
En brasier !...

C'est sa lave
Qui te brave,
En grondant ;
Ce pendant
Qu'un artiste
(Triste ! triste !)
Sur son pied
Déboulonne
La Colonne
Sans pitié !

III

Sire, à défaut de cette gloire,
Dont votre oncle remplit l'histoire,
Au bruit enivrant du canon,
Vous vouliez une capitale
Où tout ce que le luxe étale
Fût au niveau de votre nom...

Familier avec les contrastes
Des jours radieux et néfastes,
Bizarre comme le destin,
Vous fouilliez aux vieilles époques,
Pour affubler de leurs défroques
Votre royauté du scrutin.

Vous ! l'Empereur, de par la plèbe
De l'atelier et de la glèbe,...
A côté des dames d'honneur,
Vous eûtes de hauts dignitaires,
De belles chasses sur vos terres,
Conduites par un grand veneur.

Non que dans une vaine pompe,
Ébloui d'un éclat, qui trompe,

Vous eussiez placé votre orgueil :
Sans amour ainsi que sans haine
Vous aviez vu l'espèce humaine ;...
Vous les regardiez du même œil,

Le chiffonnier avec sa hotte,
Le financier à tête haute,
L'esclave rampant à vos pieds,
L'ambitieux à face blême :
Régner, c'était là le problème
Que de tout temps vous poursuiviez...

Et pliant l'homme à vos caprices,
Par ses besoins et par ses vices,
Sire, suivant leurs appétits,
Vous donniez à tous leur pâture :
Aux grands le pain de la luxure,
Le pain du travail aux petits (*).

Vingt ans — qui ne se le rappelle ? —
Pour chacun la part fut si belle,
Que le peuple en faisait mépris...
Elle sonna, l'heure fatale !
Et l'orgueilleuse capitale
Connut que le pain a son prix...

(*) Voir la note n° 2, à la fin du poëme.

IV

Mais vous n'étiez pas là, quand, dans la grande ville,
S'alluma la discorde, au souffle de l'enfer,
Et qu'entre l'étranger et la guerre civile
Paris se débattait, dans un cercle de fer !
Mais vous n'étiez pas là, lorsque les Tuileries,
Volcan où sourdement la lave s'amassait,
Vomirent jusqu'aux cieux, en royales scories,
    Votre trône qui s'affaissait !...

    Six mois avant, qui l'aurait pu prédire ?...
    On vous aimait, quoi qu'on en ait pu dire ;
    On vous aimait : vous paraissiez si fort !...
    Un jour de plus, la chaîne était rivée,
La France à vos genoux et votre œuvre achevée...
Mais Dieu vous attendait à ce dernier effort !
Dieu, qui sonde les cœurs et savait votre histoire !
Dieu, qui, pour les Césars, d'un instrument de gloire
    Sait faire un instrument de mort !...

V

    Misère profonde !
    Terrible leçon,
    Que l'esprit ne sonde
    Qu'avec un frisson !

    Au goût populaire
    Avoir si longtemps

Servi, pour lui plaire,
Des cafés-chantants ;

Des mats de cocagne
Où, comme au Pouvoir,
A grimper l'on gagne
De se laisser choir ;

Des jeux, des régates
Et des canotiers ;
Types d'acrobates,
Graine d'émeutiers ;

Des feux de bengale ;
Des ballons-géants,
Dont le vide égale
Celui des pédants ;

Des concerts épiques
Et des orphéons ;
Des courses hippiques,
Où les étalons,

Vrais rois de la fête,
— *Vermouth* et l'*Eclair*, —
Battaient d'une tête
La *Fille-de-l'Air !*

Ainsi, chef suprême
Et craint à la cour,

S'ètre fait soi-même
Flatteur à son tour !

Avoir, à la vue
Du peuple assemblé,
A chaque revue,
Tant caracolé ;

Reçu les suppliques
— Et cela vingt ans ! —
Des paralytiques
Ou des mécontents ;

Pour les idolâtres
Du drame sanglant
Bâti vingt théâtres ;...
Au monde galant ;

Aux gens de coulisse
Tendu, sans rougir,
Une main complice !...
Avoir fait surgir

Des friches incultes
Le grain, qui nourrit,
Et des *cours d'adultes,*
Le pain de l'esprit ;

Pour les agronomes
Ouvert des concours ;

Pour les astronomes
Élevé des tours ;

Fait tant d'hippodromes,
De haras nouveaux,
Qu'on rendait les hommes
Jaloux des chevaux !...

De la France entière
Avoir fait, enfin,
La ruche ouvrière,
Fermée à la faim,

Où la Reine veille,
De son aiguillon
Protégeant l'abeille ;...
Où plus d'un frelon

Vit du miel qu'il vole,
Mais où, pour chacun,
S'ouvre une alvéole,
Dans l'abri commun !...

Et quand la défaite
Frappe à notre seuil,
Voir les jours de fête
Se changer en deuil !

Et, quand tout s'écroule,
— Lui, Napoléon ! —
Entendre la foule
Maudire son nom ! ..

VI

Son nom ! qu'importe, si l'outrage
N'atteignait avec lui l'œuvre du souverain !
Mais l'Expiation, la sourde au cœur d'airain,
Écrasant tout sur son passage,
Saisit l'homme, l'étreint, le courbe sous sa main,
Et sous son pied brise l'ouvrage !...
La Ruine et la Mort l'escortent en chemin ;
Le peuple, qui les suit, hurle des cris de rage,
Et c'est lui qui sera l'instrument inhumain !...
C'est au meurtre, c'est au pillage,
Qu'il demande aujourd'hui son pain :
Ce que l'on avait fait pour assouvir sa faim,
Il le détruit, il le saccage !
Et maintenant, Sire, à l'ouvrage !
C'est à recommencer demain !...

VII

Demain,... c'était l'exil,... où la tombe le garde,
Comme un frère, longtemps attendu, qui s'attarde ;
Car on dit que son cœur, muet comme son front,
Était aussi pour tous un abîme sans fond !...
Sans oser le juger, le monde le regarde...
L'histoire frémira de toucher à ce nom !
Mais qu'il ait l'infamie ou bien le Panthéon,
Qu'importe ! à ce tombeau, mieux qu'aux portes du Louvre,

Sans voir le Souverain,... devant Napoléon,
La Muse avec respect s'incline et se découvre!...
Assez d'autres, sans moi, sur les avis du sort,
Passant de la louange à la cynique insulte,
Pour l'Empereur vivant ont affiché leur culte
Et prodigué l'outrage à Bonaparte mort,
Pour pouvoir aujourd'hui, sans crainte de descendre,
— Pèlerin de Chilshurst, courtisan de sa cendre, —
A Bonaparte mort apporter, en rêvant,
L'hommage qu'on rendait à l'Empereur vivant!...

On dit que votre fils, rappelé par la France,
Sire, doit présider à ses vagues destins...
J'en parle sans effroi comme sans espérance ;
Mais, quels que soient du sort les arrêts incertains,
De la tombe pour lui que votre voix s'élève!...
Dites-lui que, plus sûrs que la force et le glaive,
La justice et le droit, exilés des palais,
Sont les seuls instruments qui ne trompent jamais!...
Vous, qui les avez vus assiéger l'Elysée ;
Vous, qui les avez vus vous fuir après Sedan,
Dites-lui ce que vaut l'appui d'un courtisan !
Dites-lui ce que vaut la couronne brisée!...
De tant de spadassins, de tant de hobereaux,
— Masques d'hommes d'Etat, pastiches de héros, —
Qu'on avait vus passer, des mains de garnisaires,
Au conseil des Solons, au corps des janissaires,
Combien vous ont aimé?... combien en reste-il,
Pour garder votre cendre et consoler l'exil
De l'enfant : pauvre enfant! dont l'intrigue suppute,
— Avant qu'il ait vécu — ce qu'il vaut pour la lutte?

Combien en reste-t-il, Madame, auprès de vous,
Pour prier à l'autel de la lugubre enceinte,
Et d'une main pieuse épancher l'huile sainte
Dans la lampe qui brûle au caveau de l'époux ?...
N'est-ce pas, n'est-ce pas, triste et sainte compagne
Naguère du monarque, aujourd'hui du cercueil,
Que le ciel de Chilshurst, près du ciel de l'Espagne,
Est sombre,... et qu'on vieillit bien vite dans le deuil ?
Si quelques paladins vous visitent encore,
Que de cœurs oublieux, de visages absents !
L'œil fixé sur le ciel, ils surveillent l'aurore
De l'astre qui demain recevra leur encens !...
Vous, dont l'être n'est plus voué qu'à la souffrance,
Un regard vers l'Espagne et l'autre vers la France,
Vous songez qu'au pays du Cid et de Ruy-Blas,
Il est de nobles cœurs, qui de leur souveraine
Sur le sol étranger auraient suivi les pas,
Offert l'épée au fils et leur sang à la Reine !...
Ce que l'on vous offrit, à vous, ce fut un bras,...
Pour vous accompagner, *incognito* sans doute,
Assez loin, hors Paris, pour vous montrer la route
De la terre d'exil, que vous ne saviez pas !...
Et vous êtes partie, en vous voilant la face,
Laissant à vos sujets le pardon pour adieu
Et, comme souvenir, qui jamais ne s'efface,
L'empreinte de vos pas au seuil de l'Hôtel-Dieu !...(*)
Mais où donc étaient-ils, au jour du sacrifice,

(*) Allusion aux visites aux cholériques.

Ceux à qui vous aviez fait le destin si doux,
Pour qu'on ne les vît point courir à vos genoux,
Madame! et, ne pouvant sauver l'Impératrice,
Expirer pour la femme et pour la bienfaitrice ?

VIII

Où donc étiez-vous, — c'est vous que j'accuse,
Favoris d'hier ! — quand, au craquement
Du Palais des Rois, — horrible Méduse, —
L'Emeute poussa son long hurlement?

Où donc étiez-vous, quand Paris fumant,
Paris, qui se bat, quand il ne s'amuse,
Vit jaillir, saisi d'une horreur confuse,
L'Etna de son sein : vaste embrasement?

Vous étiez, sans doute, aux lieux où l'on rêve
Amour, avenir et plaisirs sans trêve ;
Aux lieux où gaiement le Monde dansait !

A Nice, où jamais l'été ne s'achève ;
A Bade, peut-être!... à Rome, à Genève,
Ville des penseurs, lorsque l'on pensait...

Partout où Paris voit de l'opulence
Briller au grand jour le faste et l'orgueil,

Planait de là pour le morne silence :
C'était Pompéia, changée en cercueil !...

Du maitre usurpant les airs d'insolence,
Le laquais oisif trônait sur le seuil...
Plus d'enfants rieurs, de leur pétulance,
Eveillant l'écho des palais en deuil !

Cousins de Paris, qu'on ne connait guère,
Vous nous visitiez, dans ces jours de guerre !...
Le riche avait fui, l'or s'était caché...

Il est une calme et sainte demeure
Que le malheureux trouvait à toute heure
Ouverte à sa voix... c'est l'Archevêché !

IX

Nuit et jour, veillant à son poste,
Il attendait, le saint prélat,
Que, pour le suprême holocauste,
La voix du Seigneur l'appelât !...
Comme Affre, que son âme ardente
Jette, victime impatiente,
Au devant de la mort, qu'il tente,...
Lui, Darboy ! découvrant son sein,
N'ira point défier le crime
Et, cédant au feu qui l'anime,
Faire de son trépas sublime
Le forfait de son assassin !

Ne sait-il pas que Dieu dispose
Des cœurs, au gré de ses désirs,
Et que, si sa justice oppose
Aux grands bourreaux les grands martyrs,...
Seule, sa sagesse profonde
Peut choisir dans les temps, qu'il sonde,
Ceux qu'il donne en exemple au monde,
Sans qu'on ait à les lui chercher?
Il donne la gloire et la honte;
Sait, — qu'on l'évite ou qu'on l'affronte, —
Le terme des jours qu'il nous compte
Et comment il veut les trancher!...
Et qu'importe ce qu'elle coûte,
La victoire qu'il faut ravir!
Qu'importe l'âpre et longue route
Du Calvaire qu'il faut gravir!

Fils de la même foi, frères par le martyre,
Dans l'émeute qui gronde, Affre tombe : il expire!
Sibour reçoit la mort d'une main en délire;
    Darboy... mais silence à la lyre!
    A genoux devant le Martyr!

<h2 style="text-align:center">X</h2>

L'arrêt est prononcé!... Le meurtre!... l'incendie!...
Le pillage, le vol!... l'Hôtel-de-Ville en feu :
Paris découronné,... la colonne!... c'est peu!...
Près du drame sanglant, il faut la comédie;
Il faut pouvoir jeter sur le juste égorgé
Un fantôme de Droit... ô honte!... ils ont jugé!

De cette auguste Cour plus auguste ministre,
Pigerre a composé le peloton sinistre.
Beaucoup y figuraient qui désertaient jadis,...
Et pas un n'a bronché, quand il s'agit de crime !...
Mais combien étaient-ils ?... quinze au moins par victime !
Les bourreaux étaient cent,... les martyrs étaient six !

***

Ils étaient six !... La Muse en tremblant interroge,
Pour inscrire leurs noms dans ce pâle sonnet,
Les colonnes sans fin du long martyrologe
Dont ce siècle de sang est le plus long feuillet !

Mais elle frémirait d'en profaner l'éloge :
Elle le laisse aux cieux, dont ils sont le reflet !.....
C'est Allard,... Ducoudray,... Bonjean, l'homme de toge,
Qui parlait des oiseaux ainsi que Michelet (*) ;

C'est Clère,... Deguerry! .. Sur ces nobles figures
Darboy rayonne encor,... mais comptez ses blessures !...
— « Une au front,... deux au cœur ! » — Regardez de plus près !...

— «Trois balles dans le flanc! » — encor!— « quatre à la gorge!... »
Affre n'en reçut qu'une !... aujourd'hui l'on égorge,
Et notre siècle est en progrès !

FIN DU POËME

(*) Michelet : *L'Oiseau.*
Discours de M. Bonjean au Sénat.

NOTES

———

NOTE 1.

« Et maintenant, au sein de la nuit solitaire,
» Où l'on dit que Satan te berce avec orgueil,
» Emporte le bandit dans ton morne cercueil :
    » Tu peux dormir content, Voltaire ! »

(Pages 32 et 33.)

Quelque connus que soient les vers de Musset auxquels l'auteur fait allusion dans son apostrophe à Voltaire, plusieurs des lecteurs auxquels il s'adresse peuvent ne point les connaître, à raison même de la direction sérieuse de leurs études. Il croit bien faire de mettre ici sous leurs yeux le passage de *Rolla,* dont il est question :

Dors-tu content, Voltaire, et ton hideux sourire
Voltige-t-il encor sur tes os décharnés !
Ton siècle était, dit-on, trop jeune pour te lire ;
Le nôtre doit te plaire, et tes hommes sont nés.
Il est tombé sur nous, cet édifice immense
Que de tes larges mains tu sapais nuit et jour.
La Mort devait t'attendre avec impatience,
Pendant quatre-vingts ans que tu lui fis la cour ;
Vous devez vous aimer d'un infernal amour.
Ne quittes-tu jamais la couche nuptiale
Où vous vous embrassez dans les vers du tombeau,

Pour t'en aller tout seul promener ton front pâle
Dans un cloître désert où dans un vieux château ?
Que te disent alors tous ces vieux corps sans vie,
Ces murs silencieux, ces autels désolés,
Que pour l'éternité ton souffle a dépeuplés ?
Que te disent les croix ? que te dit le Messie ?
Oh ! saigne-t-il encor, quand, pour le déclouer,
Sur son arbre tremblant, comme une fleur flétrie,
Ton spectre dans la nuit revient le secouer ?
Crois-tu tâ mission dignement accomplie,
Et comme l'Eternel, à la création,
Trouves-tu que c'est bien, et que ton œuvre est bon ?
Au festin de ton hôte alors je te convie.
Tu n'as qu'à te lever ; — quelqu'un soupe ce soir
Chez qui le Commandeur peut frapper et s'asseoir.
Entends-tu soupirer ces enfants qui s'embrassent ?
On dirait, dans l'étreinte où leurs bras nus s'enlacent,
Par une double vie un seul corps animé.
Des sanglots inouïs, des plaintes oppressées,
Ouvrent en frissonnant leurs lèvres insensées.
En les baisant au front le Plaisir s'est pâmé.
Ils sont jeunes et beaux, et, rien qu'à les entendre,
Comme un pavillon d'or le ciel devrait descendre :
Regarde ! — Ils n'aiment pas, ils n'ont jamais aimé.

Où les ont-ils appris, ces mots si pleins de charmes,
Que la volupté seule, au milieu de ses larmes,
A le droit de répandre et de balbutier ?
O femme ! étrange objet de joie et de supplice !
Mystérieux autel où, dans le sacrifice,
On entend tour à tour blasphémer et prier !
Dis-moi, dans quel écho, dans quel air vivent-elles,
Ces paroles sans nom et pourtant éternelles,
Qui ne sont qu'un délire, et depuis cinq mille ans
Se suspendent encore aux lèvres des amants ?

. . . .

Voilà pourtant ton œuvre, Arouet, voilà l'homme
Tel que tu l'as voulu. — C'est dans ce siècle-ci,

C'est d'hier seulement qu'on peut mourir ainsi.
Quand Brutus s'écria sur les débris de Rome :
— Vertu, tu n'es qu'un nom ! — Il ne blasphéma pas.
Il avait tout perdu, sa gloire et sa patrie,
Son beau rêve adoré, sa liberté chérie,
Sa Portia, Son Cassius, son sang et ses soldats ;
Il ne voulait plus croire aux choses de la terre.
Mais, quand il se vit seul, assis sur une pierre,
En songeant à la mort, il regarda les cieux.
Il n'avait rien perdu dans cet espace immense ;
Son cœur y respirait un air plein d'espérance ;
Il lui restait encor son épée et ses dieux.
Et que nous reste-t-il à nous, les déicides ?
Pour qui travailliez-vous, démolisseurs stupides,
Lorsque vous disséquiez le Christ sur son autel ?
Que vouliez-vous semer sur sa céleste tombe,
Quand vous jetiez au vent la sanglante colombe
Qui tombe en tournoyant dans l'abîme éternel ?
Vous vouliez pétrir l'homme à votre fantaisie ;
Vous vouliez faire un monde. — Eh bien, vous l'avez fait.
Votre monde est superbe, et votre homme est parfait !
Les monts sont nivelés, la plaine est éclaircie ;
Vous avez sagement taillé l'arbre de vie ;
Tout est bien balayé sur vos chemins de fer,
Tout est grand, tout est beau, — mais on meurt dans votre air.
Vous y faites vibrer de sublimes paroles ;
Elles flottent au loin dans les vents empestés.
Elles ont ébranlé de terribles idoles ;
Mais les oiseaux du ciel en sont épouvantés.
L'hypocrisie est morte, on ne croit plus aux prêtres ;
Mais la vertu se meurt, on ne croit plus à Dieu.
Le noble n'est plus fier du sang de ses ancêtres ;
Mais il le prostitue au fond d'un mauvais lieu.
On ne mutile plus la pensée et la scène,
On a mis en plein vent l'intelligence humaine ;
Mais le peuple voudra des combats de taureau.
Quand on est pauvre et fier, quand on est riche et triste,
On n'est plus assez fou pour se faire trapiste ;
Mais on fait comme Escousse, on allume un réchaud.

NOTE 2.

« Et, pliant l'homme à vos caprices,
» Par ses besoins et par ses vices,
» Sire, suivant leurs appétits,
» Vous donniez à tous leur pâture :
» Aux grands le pain de la luxure,
» Le pain du travail aux petits. »

(Page 48.)

Ce fut là tout l'Empire.

Ce règne qui, pourtant, semblait avoir fait de l'affirmation de la force la condition essentielle de sa vie, ne fit vraiment preuve de résolution que dans les détails de sa politique qui, d'ailleurs, ne fut jamais nettement définie.

Ses préoccupations avaient surtout pour objet d'assurer momentanément son existence. Si le but fut réellement marqué dans la pensée du Souverain, celui-ci y marcha par des voies étroites et tortueuses qui devaient l'en écarter, au lieu de prendre par le grand chemin, qui est toujours la ligne droite pour les gouvernements vraiment forts, parce qu'ils sont honnêtes.

Quelle que soit la forme de l'État politique, ceux qui le dirigent doivent poursuivre ce double but : utiliser tout ce qui, dans nos ressources matérielles et nos instincts moraux, doit contribuer à sa prospérité, et combattre les éléments de dissolution et de mort qui s'opposent, à son développement et préparent sa ruine.

On ne saurait reprocher à l'Empire d'avoir méconnu toutes les parties de ce programme. Nul mieux que lui n'essaya de tirer parti des richesses naturelles de ce pays; des avantages de sa situation topographique; de pousser au bien quand celui-ci ne faisait point ombrage à ses vues personnelles; et, de ce côté, celui qui écrit ces lignes fut des siens.

Mais s'il y a à encourager dans nos tendances nationales, il y a surtout à rectifier et à diriger.

Aucun pays ne porte plus que le nôtre, dans ses traditions, ses souvenirs, ses aptitudes et son organisation administrative de germes de décomposition. C'est là ce que l'Empire devait attaquer, et, puisqu'il avait lié le malade, profiter de son immobilité forcée, pour extirper tant d'ulcères qui le rongent.

L'auteur de : *Martyrs et Bourreaux* a fait deux livres qui seraient l'orgueil de sa vie, s'ils avaient porté leur fruit. Dans l'un : *les Expiations*, il combattait la prostitution officielle et en proposait la suppression ; dans l'autre : *les Martyrs du fonctionnarisme*, il dévoilait tout ce qu'a de fatal, pour le pays, la fureur qui nous pousse vers les emplois publics.

Qu'a fait le régime impérial pour combattre ces deux plaies sociales ? Il a laissé empirer le mal dans d'effrayantes proportions, à ce point qu'on se demande s'il est aujourd'hui des moyens de répression capables d'y remédier.

En cela comme en bien d'autres choses, le régime déchu a fait fausse route. Au lieu de satisfaire les appétits, il devait s'attacher à les réprimer, et à ce point de vue on comprendrait le *gouvernement de combat*. Quel que soit le pouvoir à venir, qu'il se souvienne qu'il y a des limites aux concessions qu'on peut faire, dans le mal, aux exigences des instincts pervers ; que la voie du bien est infinie et que là seulement est le bonheur des peuples et la force des gouvernements.

FIN.